Jacqueline Widmer

Mensch und Tier – Verbunden in der Seele

novum pro

www.novumverlag.com

Bibliografische Information
der Deutschen Nationalbibliothek:

Die Deutsche Nationalbibliothek
verzeichnet diese Publikation in
der Deutschen Nationalbibliografie.
Detaillierte bibliografische Daten
sind im Internet über
http://www.d-nb.de abrufbar.

Alle Rechte der Verbreitung,
auch durch Film, Funk und Fernsehen,
fotomechanische Wiedergabe,
Tonträger, elektronische Datenträger
und auszugsweisen Nachdruck,
sind vorbehalten.

© 2019 novum Verlag

ISBN 978-3-99064-612-0
Lektorat: Marie Schulz-Jungkenn
Umschlagfoto: Chris Katzenbach
Umschlaggestaltung, Layout & Satz:
novum Verlag
Innenabbildungen:
siehe Bildquellennachweis S. 51

Die von der Autorin zur Verfügung
gestellten Abbildungen wurden in der
bestmöglichen Qualität gedruckt.

Gedruckt in der Europäischen Union
auf umweltfreundlichem, chlor- und
säurefrei gebleichtem Papier.

www.novumverlag.com

Für Frieda Rosé,
eine großartige Tierkommunikatorin und Heilerin

Seit sich Menschen auf die Erde inkarnieren, werden sie von den Tieren begleitet. Diese haben ihre Seele genauso im Himmel wie wir selber. Also in der geistigen Welt. Von daher schicken sie jeweils zeitgebunden wie wir selber einen Strahl, eine Inkarnation in die Materie. Also die Verbindung Mensch/Tier fängt schon dort an. Dort in der Liebe, in der Harmonie und in der Glückseligkeit. Hier auf der Erde sieht es natürlich schon ein bisschen anders aus, denn hier finden noch und fanden über einen sehr langen Zeitabschnitt hin die großen Lernprozesse statt. Und das kann, wie wir wissen, teilweise noch sehr schmerzhaft sein.

Die Verbindung Mensch/Tier findet, wie gesagt, auch hier ihre Erfüllung in unterschiedlichster Form. Die einen Menschen lieben ihre Tiere inkarniert, als zum Beispiel Katze, Pferd oder Hund, verwöhnen sie und sind tieftraurig, wenn diese eines Tages ihren Körper wieder verlassen und in den Himmel zurückkehren. Andere Menschen ziehen es vor, ihre Tiere in der Form von sogenannten Nutztieren zu halten, und nähren ihren eigenen Körper und denjenigen anderer Menschen mit dem Körper des Tieres. Manche haben ihre Tiere einfach um ihr Haus herum und bauen keine Beziehung zu ihnen auf, ja, bemerken sie nicht mal. Das kann eine verwilderte Katze sein, ein Marder, können Vögel sein, die einem fröhlich zuzwitschern, oder vielleicht die Goldfische im Gartenteich. Alle diese Tiere sind beseelt, stammen aus hierarchischen Ebenen in der geistigen Welt und arbeiten sich auf den Stufen empor, genau gleich wie die Menschenseele. Viele Tiere haben noch eine Gruppenseele. So ist auch so manches hier auf der Erde viel leichter, oder sogar nur so zu ertragen.

Heutzutage gibt der Mensch die Verantwortung für seine Tiere gerne ab. So ist das Lamm, das an Ostern verspeist wird, nie im lebendigen Leib gesehen worden. Also hat bewusst keine Beziehung mit der Seele dieses Tieres stattgefunden.

Die Tiere dienen den Menschen sehr gerne. Und sie sind sehr empfänglich für Zuneigung. Ein Tier, das geliebt und respektiert wird, holt mehr Seelenenergie in sein Sein. Es wir lebendiger, leuchtender, gesünder, schöner und fröhlicher.

Menschenseelen und Tierseelen inkarnieren sich sehr oft mehr als nur in einem Leben zusammen.

So ist es sehr gut möglich, dass Ihr Hund in einem anderen Leben vielleicht im Körper eines Pferdes, einer Kuh oder einer Katze Ihre Begleitung war. Das erklärt die starken Gefühle, die oft schon bei der ersten Begegnung vorhanden sind. Die sogenannte Liebe auf den ersten Blick.

Tiere haben im Allgemeinen, wenn es sich nicht zum Beispiel gerade um einen Papageien, um eine Schildkröte oder um einen Elefanten handelt, eine ziemlich kürzere Lebenszeit als wir Menschen. Das kann etwas sehr Schönes bedeuten, nämlich ein Tier kann sich zweimal oder sogar mehrere Male während der Lebensspanne „seines" oder „seiner" Menschen inkarnieren. In gleicher Form oder in anderer. Das heißt, wenn möglich, nicht zu lange in

Trauer verweilen, wenn ein geliebtes Tier verstorben ist, sondern sich wünschen, dass es sich wieder in junger Form mit neuem Pelz oder im neuen Federkleid inkarniert.

Das bedeutet, Augen und Herz offenhalten, um zu finden. Allerdings sind es meistens die Tiere, die uns finden –, sagen sie. Also Vertrauen haben, dass es klappt. Erkennen tun Sie ihr neues, altes Tier mit dem Herzen. Sie wissen es! Und das Tier wird sich mit irgendeiner Verhaltensweise zu erkennen geben.

Die meisten Tiere wollen sich in der Farbe und in der Beschaffenheit ihres neuen Pelzes oder Federkleides nicht dreinreden lassen. Sie wollen selbst kreieren. Also bitte nicht die Gedanken oder Wünsche zu eng halten.

Es gibt auch Tiere, die sich zu einem bestimmten Zweck nur für relativ kurze Zeit inkarnieren. Es kann zum Beispiel sein, dass sich ein Tier bei einem kleinen Kind inkarniert, um es für einige Zeit zu behüten und zu begleiten. Nachdem es seinen Job erledigt hat, verabschiedet es sich. Läuft davon zu neuen Abenteuern oder verabschiedet sich in Richtung Himmel. Viele Tiere übernehmen den Job, den Menschen das Herz zu öffnen. Wenn es schwierig ist, kann es auch durch ein, vom Menschen her gesehen, sehr brutal erscheinenden Unfall oder durch Krankheit und Tod sein.

Tiere sterben von ihrem Fühlen her leichter als wir Menschen. Sie vergessen nie, woher sie kommen, wohin sie wieder gehen und wie schön es dort ist. Sie ergeben sich durch dieses Wissen auch leichter ihrem Schicksal. Sie wissen um den Weg. Und dass jeder Weg wieder in die schönste Heimat, in den Himmel, führt.

Botschaften von den Tieren

Wir sind die **Hausschwalben**, wir nennen uns so, weil wir mit euch Menschen gerne zusammen unter einem Dach wohnen.

Ihr Menschen nennt uns Rauchschwalben. Geht auch an. Stört uns nicht. Ist nicht wichtig für uns.

Wir freuen uns sehr darüber, wenn Menschen unsere Arbeit anerkennen. Wir fressen Millionen von Fliegen und andere Insekten. Die Fliegen, die würden euch im wahrsten Sinne des Wortes den Garaus machen. Also dieser Liebesdienst.

Wir haben die Fliegen zu unserer Hauptmahlzeit gemacht. Und ihr könnt uns dankbar sein. Eigentlich gebt ihr uns nichts. Wir sind die, die geben. Oftmals bemerkt ihr nicht mal unser Sein. Vielleicht noch als Wetterdeutung: Fliegen wir hoch – schön. Fliegen wir tief – Regen.

Vielleicht stimmt es, aber es ist nicht immer so. Die heutigen Menschen haben verlernt, selber Wetter zu deuten. Sie schauen es sich im Fernseher an, um dann auch mit dem Finger auf denjenigen zu zeigen, der vielleicht irrt.

Also es freut uns sehr, wenn wir bemerkt werden.

Wenn zum Beispiel unser leichter Flug bewundert wird oder unser glänzendes Federkleid. Für Bewunderung sind wir sehr empfänglich. Oder wer kennt unseren Gesang? Bewunderung und Liebe, sowie Dankbarkeit aus eben erwähnten Gründen, tun uns gut, stärken unser Sein, machen uns glücklich und gesund.

So ist es mit allen Wesen. Alle Wesen, die sich geliebt fühlen, werden gesund und glücklich. Liebe macht stark. Sie verströmt sich und vermehrt sich und fließt immer auch an den Geber zurück. Liebe ist Geld, Erfolg, Gesundheit, Glück, Zufriedenheit – alles. In Hülle und Fülle.

Versucht es! Und preist den Himmel und die Erde, wie wir es täglich und immer tun.

In aller größter Achtsamkeit, die Schwalben.

Kleine/große Jäger – viele **Katzen** – sind wir hier bei euch Menschen. Viele verschiedene Katzen. Unterschiedliche Größe, unterschiedliches Fell, und alle haben wir eines gemeinsam, wir lieben es, beim Menschen zu sein, und wir lieben das Schmusen. Nichts geht über das, außer vielleicht die Jagd.

Wir Katzen lieben euch Menschen, wir bringen euch bei, innezuhalten und euch auf euch selber zu konzentrieren. Natürlich könnt ihr uns so nebenbei, zum Beispiel vor dem Fernseher, etwas tätscheln und streicheln, aber am liebsten haben wir natürlich eure ganze Konzentration, eure ganze Gefühlswelt zu unserer Verfügung. Und glaubt uns, das tut am meisten euch selber gut. Seht ihr, Aufmerksamkeit und Liebe machen schön, stark und gesund. Bringen alle Zellen in eine wunderbare Schwingung. Harmonisieren den Blutkreislauf, wärmen alle Glieder und erwecken ein Gefühl der Freude.

Auch wir Katzen werden schöner, wir sind ein sehr sensibles Barometer. Schau die Katze an, geht es ihr gut, geht es auch dem Besitzer gut. Wir sagen das so, dem Besitzer, aber *wir* besitzen die Menschen. Mit unserer immens großen Liebe.

Die Liebe, die geht nie vorüber, normalerweise nicht mal dann, wenn ihr uns sogar Schmerzen zufügt. Wir Katzen, wir können nur lieben.

Natürlich verteidigen wir unser und euer Revier gegen Eindringlinge, sichtbare und unsichtbare. Ihr Menschen meint, ihr könnt uns alleine mit Essen locken. Könnt ihr nicht, das ist nur ein Mittel zum Zweck. Der Zweck ist die Liebe. Wir sind abhängig von Liebe. Und nicht von Dosenöffnern.

Wir sind in der Seele verbunden mit unseren Menschen. Nicht alle Menschen lieben Katzen, bei Weitem nicht. Wir werden sogar verjagt, getötet.

Und trotzdem gehören wir zu euch. Wir können gar nicht anders. Eben weil wir auf der Seelenebene eng mit euch verbunden sind.

Wie gesagt, wir halten Eindringlinge fern, fressen Mäuse, unsere Anwesenheit hält auch Ratten fern.

Wir helfen auch, die Kinder großzuziehen, beruhigen sie in der Nacht, beschützen sie vor unangenehmen Geistern. Harmonisieren ihr Herz. Immer mit der wunderbaren Schwingung, die wir mit unserem Schnurren ausstrahlen.

Glaubt uns, wenn da ein Geben und Nehmen ist, ist es immer ausgeglichen. Je mehr wir bekommen, Aufmerksamkeit und Respekt, je mehr sind wir in der Lage zu geben.

Wir Katzen lieben Menschen sehr!

Wir **Kühe**, wir sind da für euch Menschen seit Anbeginn der Zeiten. Ja wir geben zu, früher hatten wir es viel schöner mit euch Menschen zusammen. Ihr gabt uns Ehre. Ihr wusstet, dass ein Überleben schier unmöglich ist für euch ohne uns. Wir haben euch geschützt vor dem Hungertod oftmals. Wir haben euch Wärme gegeben, Isolation sozusagen vor den Winterstürmen. Wir haben euch Ruhe gegeben. In sich gekehrt sein, das braucht der Mensch ab und zu, und das haben wir euch gelehrt. Wir, die Wärme ausstrahlen, Mütterlichkeit, männliche Stärke, ohne Angst. Jetzt, heute sieht alles ein bisschen anders aus. Leider für uns und leider für euch. Seht her, wir sehen armselig aus. Werden ausgenützt. Das dient unserem Seelenweiterkommen. Leid bringt schnell weiter, wenn es so duldsam angenommen wird, wie wir es tun. Ihr nehmt uns unsere Kinder weg, das tut weh. Wir wissen, dass sich das bald wieder ändern wird, nämlich dann, wenn sich euer

Herz wieder öffnet. Auf diese Zeit freuen wir uns. Und ihr solltet oder könnt euch auch freuen. Fühlt ihr euch nicht auch einsam im Herzen? In der Nacht empfindet ihr nicht auch Angst vor Verlust? Das geschieht, weil euer Herz verschlossen ist. Habt Vertrauen und glaubt an das Gute, an die Liebe, an die Güte, an Fülle. Schaut uns in die Augen, da seht ihr all diese Eigenschaften.

Und wir sind jetzt, waren es immer und werden es immer sein, bereit, diese Eigenschaften zu verschenken. Nehmt an!

Wir sind die **Spatzen** und auch wir begleiten euch Menschen seit Anbeginn der Zeiten. Wenn ihr hungert, hungern auch wir. Wenn es euch gut geht, geht es auch uns gut. Und jetzt in dieser Zeit geht es uns allen, was dies anbelangt, sehr gut. Und trotzdem haben wir von unserer Spezies her keine Überpopulation. Und seht ihr jetzt, mit was das zu tun hat? Es geht euch gut und es geht uns gut. Schön im Gleichgewicht.

Wir spiegeln euch euer Selbst. Ihr erkennt es oft nicht, viele Leute wissen das nicht. Aber es ist so. Du, Mensch, kannst dein Innenleben immer im Außen betrachten. Es ist so einfacher. Das tust du in Bewegung. Du gehst zum Beispiel nach draußen und hast sofort Begegnungen. In Städten mehr mit anderen Menschen. Auf dem Land mit uns Tieren. Beobachte uns, schau an, was in dir für Gefühle entstehen. Wenn wir zum Beispiel sehr laut und fröhlich zwitschern. Stört dich das, willst du Stille? Oder verstehst du unsere Fröhlichkeit, unseren großen Familiensinn, den stetigen Austausch? Gefällt dir das? So lebe es. Vielleicht tust du das schon und bist deswegen auch fröhlich.

Also wir Spatzen, wir wohnen gerne in der Nähe von Menschen, von Leuten. Und wir lieben Menschenkinder fast so sehr wie unsere eigenen Kinder. Und wir leben in gutstrukturierten fröhlichen Familienverbänden.

Freundest du dich mit uns an, so werden wir zutraulich. Das mögen manche Menschen nicht. Aber wir lieben die Nähe und werden das so beibehalten.

Für ein paar Körnchen ab und zu, vor allem bei Schnee und Eis, sind wir überaus dankbar. Zudem sind wir sehr freundliche Wesen und vertilgen tonnenweise Insekten. Um euer Haus herum. Seid dankbar für unser fröhliches und leichtes Wesen.

Versucht, dieses Wesen auch in euch selbst zu finden. Es ist da und manchmal gar nicht so weit hinten versteckt.

Dankbar für all die Zeiten! Die Spatzen.

Wir, die **Hunde,** sind natürlich eure ältesten Begleiter. Wir folgten euch Menschen schon, als es uns nur in Wolfsgestalt gab. Natürlich ging es da auch um Fressen und Gefressen-Werden. Doch wissend in der Seele, dass wir ganz nah verwandt sind. Im Geist, nicht im Körper. So sind wir sicher, viel dazu beigetragen zu haben, dass es den Menschen im Verlaufe der Zeit immer besser ging und besser geht. Auch heute kann sich die Menschheit doch nicht vorstellen, ohne unsere Liebe, unseren Schutz, unsere Freundlichkeit und Treue zu sein.

Viele Menschen gibt es zurzeit auf Erden und viele Hunde ebenso. Eng verbunden sind wir. Natürlich nicht mit jedem einzelnen Menschen bewusst. Da gibt es solche, die uns nicht mögen. Aber egal, wie die Katzen es tun, lieben wir den Menschen und sind gerne in seiner Nähe. Nicht alle von uns haben es gut. Aber immer ist es die Liebe, die hinter allem steht, die auch ausschlaggebend ist, dass wir immer treu und anhänglich sind. Wir verteidigen unseren Mensch gegen andere Menschen, falls er nicht versteht, das selber zu tun. Das kann manchmal ziemlich schräge Sachen daraus ergeben. Nicht unsere Schuld. Wir übertragen Gefühle, darunter Liebe, Hass, Angst und so weiter, was da im Menschen aktuell gerade so steckt. Du kannst mit uns zusammenarbeiten an deinen Emotionen. Beobachte uns. Zeigen wir Angst, suche die Angst in dir und beruhige sie, zeigen wir Aggression, tue dasselbe. Zeigen wir große Zuneigung und Freude, genieße das auch in dir.

So können und möchten wir große Lehrmeister in Sachen Gefühle sein. Und du kannst in Balance kommen mit dir selbst.

Unser größtes Vergnügen ist halt immer das Spazieren in der Natur und das ist und bleibt auch für jeden Menschen eine große Bereicherung, wenn er das zu tun gewillt ist.

Wir werden immer in allergrößter Liebe und Treue mit euch verbunden sein.

Und kein Hund gibt je die Hoffnung auf, Liebe zu finden.

Wir **Pferde** sind natürlich auch sehr wichtig für euch Menschen. Wir haben euch immer gedient und sind euch in alle Ecken und an alle Enden der Erde gefolgt, treu wie der Hund und doch edler – finden wir! Stolzer sozusagen. Und doch lassen wir euch reiten auf uns, wir tragen euch über die Erde, sodass ihr eure Füße ausruhen könnt und schneller vorwärtskommt. Trotz unseres sehr großen Stolzes haben wir euch immer brav gedient. Manchmal auch gezwungenermaßen. Im Krieg, am Pflug, auf Reisen und auch nur so zum Spaß. Die Jagd nicht zu vergessen. Viele Dinge, die wir von unserem Naturell her niemals tun würden, haben wir getan und tun wir euch Menschen zuliebe.

Das dient unserem Vorwärtskommen in der spirituellen Ebene. Und zeigt auch hier auf, wie eng Tierseelen mit der Seele des Menschen verbunden sind. Verwoben sozusagen. Es kann gar keine Trennung geben. Es kann ein über eine gewisse Zeit hin bestehendes Nichtbeachten vom Menschen her geben, das natürlich schon.

Es ist so, je mehr ihr Menschen mit uns in Beziehung geht, desto mehr holt ihr eure Seelenaspekte hier zu euch in die Inkarnation.

Eure Seele liebt immer die Beziehung mit uns Tieren. Falls ihr eine Abneigung gegen irgendeine Tierart oder sogar insgesamt habt, so schaut sie euch genau an, erfühlt sie. Da gibt es sehr viel zu heilen, was ein wundervolles, vorher nie dagewesenes Wohlgefühl bewirken kann. Oftmals entstanden Mensch-Tier-Verletzungen in der Kindheit. Versucht sie, über eine Tierart – gleich welche – zu heilen. Es wird eine Wohltat sein, das können wir euch versprechen.

In allergrößter Liebe!

Ich bin der **Fuchs**, der Schlaue, der Listige. Ihr kennt mich alle, schon die kleinen Kinder erkennen und lieben mich. Manche Menschen lieben auch einfach mein Fell. Geht auch an. Es ist das schönste. Und ich bin der Schönste. Der Stolzeste. Ich lebe gerne in der Umgebung des Menschen. Ab und zu fällt etwas ab für mich. Und auf den gemähten oder abgefressenen Feldern gibt es gut erreichbar viele Mäuse. In der Nacht natürlich. Ich liebe die Nacht. Und da schleiche ich ab und zu auf leisen Pfoten um eure Häuser. Natürlich bin ich mir der Menschen sehr bewusst. Und auch ich weiß um euren Entwicklungsstand, weil ich auch mit meiner Seele – oft Gruppenseele – mit eurer Seele verbunden bin. So ist unser Schicksal sozusagen mit eurem verbunden. Und auch für uns gilt, geht es euch gut, geht es auch uns gut. Kommt ihr vorwärts in eurem Entwicklungsstand, so kommen auch wir vorwärts. Wir zeigen euch das Listige oft auch Hinterlistige auf. Jetzt oft auch bei Tage, so kommt es ans Licht. Bei uns und ebenso bei euch. Alles kommt jetzt ans Tageslicht. Alle Betrügereien werden aufgedeckt, die großen wie die kleinen. Das zeigen wir auch auf – schaut hin.

In großer Liebe, der Fuchs.

Wir **Ziegen** begleiten euch Menschen ebenso seit langen, langen Zeiten in aller Bescheidenheit. Wir können euch ernähren mit unserer Milch. Die wir gerne für unsere Kinder haben und uns ebenso freuen, wenn ihr Menschen sie liebt. Halt oft in Form von Käse.

Wir sind fröhliche Tiere, spielen gerne, rangeln gerne und erfreuen uns am Leben – wenn wir ein schönes Umfeld haben. Wir sind gerne in der Gruppe, haben auch eine Gruppenseele und pendeln vom Jenseits zum Diesseits hin und her ohne großes Aufheben. Halt wie es von großer Hand her geplant und gut ist. Sehr gerne könnt ihr uns zuschauen in unserem fröhlichen Tun und selber das ausprobieren. Das bringt das Blut in Schwung und weckt die Lebenskraft. Wir sind nie nachtragend und erfreuen uns jeden Morgen wieder am neuen Tag. Das ergibt einen großen, sehr großen Lebenssinn.

Wir lieben Kräuter und Gräser, wohlschmeckende. Im Winter wohlschmeckendes Heu. Das weckt all unsere Lebensgeister und der Geschmack geht direkt in die schäumende Milch. Für unsere Kinder und für euch Menschen, denen wir so gerne dienen.

In großer Freude, die Ziegen.

Wir **Elstern** sind ständige Begleiter von euch Menschen. Manche von euch hören uns, manche nicht. Manche sind genervt von unserem fröhlichen Gequatsche, anderen gefällt's. Auf jeden Fall lassen wir viele nicht kalt – denn wir sind laut! Aus vollem Herzen, aus voller Lebenslust laut. Sind wir schon hier, dann wollen wir das auch genießen. Wir können fliegen, und das ist das Wunderbarste, was es gibt. Ihr würdet uns beneiden, wenn ihr das Gefühl kennen könntet. Besser, ihr wisst es nicht, die Sehnsucht nach dieser Leichtigkeit und Freiheit würde euch nicht mehr loslassen. Wie gesagt, wir sind auch eng in diesem Verbund Mensch und Tier und wir lieben das. Wir sterben mit Leichtigkeit und werden wiedergeboren mit Leichtigkeit. Eltern – Kinder, immer im Wechsel.

Leichtigkeit ist sowieso unser Motto. Und wenn wir irgendwo dichte vom Mensch gemachte Energie ausmachen, umso lauter kreischen wir, um aufzulösen, zu erlösen und mitzuhelfen an der Gestaltung einer schönen neuen Lebenswelt für uns alle. Wir sind sehr dankbar für all das. Und werden weiterhin in der Nähe von Menschen am liebsten hoch oben im Baum unser Nest bauen und unsere Nachkommen großziehen.

In Liebe und Dankbarkeit, die Elstern.

Wir sind die **Raben**, nicht zu verwechseln mit den Krähen. Wir sagen mal, wir sind das edlere Volk und haben den größeren Auftrag. Das sagen wir! Auch wir sind sehr gerne nahe beim Menschen. Sehr gerne auf dem Hausdach oder auf dem sehr hohen Baum. Wir lieben Tannengeäst. Die Tanne ist der Baum der Liebe. Und wir lieben gerne. Das ist der Hauptsinn unseres Lebens. Wir „verheiraten" uns gerne und sind doch ein bisschen traurig und im Moment erfüllt uns ein Gefühl des Verlassen-Seins, wenn unser geliebter Partner stirbt. Aber nicht lange und wir suchen uns einen neuen Lebensgefährten. Denn wir wissen um das Wiedersehen im Jenseits und in der Anderswelt. Also lohnt es sich nicht, sich das Leben verderben zu lassen. Wir sind Boten zwischen den Welten und erahnen weit im Voraus, wenn ein Mensch sich beginnt zu verabschieden von dieser Welt. Und sich beginnt zu konzentrieren auf das für ihn Nächste im

Leben nach dem Leben. Alles einfache Sachen und sehr natürlich für uns. Und wir melden euch das dauernd weiter. Euer Unterbewusstsein versteht uns und leitet die Botschaft weiter in euer Gefühl, wo es sich langsam ausbreiten kann als Gewissheit. Wir sind in großer Verbindung mit euch Menschen. Und ab und zu ein Stückchen Käse für unseren Liebesdienst?

Ich bin der **Milan,** hoch über euren Köpfen und doch in Verbundenheit segle ich zwischen Himmel und Erde. Und ich sehe alles. Den Menschen, die Tiere, die Gräser und selbstverständlich die wohlschmeckende Maus dazwischen. Ich bin euer König der Lüfte und genieße diesen wunderbaren und leichten Flug täglich und stündlich aufs Neue. Kein Neid entsteht da auf euch Menschen, die ihr da so fest an den Erdboden gebunden seid. Ihr habt andere Vorzüge. Ihr könnt kreieren mit euren Gedanken und Wünschen, das können wir Tiere beileibe nicht im Mindesten. Trotzdem kein Neid! Wir genießen. Alles genießen wir, aber vor allem die Sonne und den Wind. Ein absolutes und wundervolles Sein genießen wir. Und würden das für nichts anderes auf der Welt dahingeben.

Bewundert ihr manchmal unser zartes und leichtes Dahingleiten? Schaut zwischendurch nach oben in den Himmel und vergesst für einige Zeit die Schwere der Erdgebundenheit. Kann und wird euch guttun.

In großer Achtsamkeit, der Milan.

Wir sind die **Rehe**, sanfte, zarte und doch starke Wesen, die wir da in euren Wäldern leben. Auch gerne in den Wiesen, aber das ist ja hier nicht immer möglich. Trotzdem, unsere Kinder legen wir in die Wiesen, gerne ins hohe Gras, so sind sie geschützt vor Fuchs und Hund. Meistens. Wir sind auch schon sehr, sehr lange mit dem Menschen verbunden. Nähren und nährten ihn auch zeitenweise. Früher wart ihr sogar noch sehr froh um unser Fleisch. Es bewahrte euch oft vor Hunger. Ihr könnt uns jagen ab und zu und ihr erwischt uns auch ab und zu. Wir sind einverstanden damit. Wenn ja, dann zeigen wir uns dem Jäger, wenn nicht, so sieht er uns auch nicht.

Ansonsten genießen wir das Leben. Den Duft der Wälder, den Duft von unseren Artgenossen. Das sanfte Dasein zwischen den flüsternden Bäumen. Der Trieb, das Kinderbekommen und -aufziehen, alles ist wunderbar. Voller Gefühl, voller praller Lebenslust sind wir. Wir genießen auch das Verstecken-Spielen mit euch Menschen. So oft lauft ihr so nahe an uns vorbei und seht uns nicht.

So oft seid ihr nicht eingestimmt auf das schöne Leben im Wald. Lauft einfach durch und verpasst sehr vieles.

Versucht, mehr zu erfühlen im Wald, das bereichert euer Dasein.

In Liebe, die Rehe.

Wir **Igel**, wir sind klein und auch wir sind sehr gerne in der Nähe des Menschen. Da fällt ab und zu etwas ab, das wir lieben. Schön kultivierte Äpfel mit Würmchen drinnen liegen viele gut erreichbar für uns auf dem Boden. Und Schnecken in Hülle und Fülle, gerne ohne Gift, da können wir uns gütlich tun und uns nützlich zeigen. Wir lieben die Nacht, da seid ihr Menschen in euren Häusern eingesperrt und schaut fern oder schlaft. Wenn ihr wüsstet, was ihr alles an Lebensfülle verpasst. Der wunderschöne raschelnde Spaziergang durch Laub unter dem Sternenhimmel. Die kühle Klarheit der Luft. Vieles verpasst ihr. Die Stille, wunderbar. Wir genießen es. Und sind sehr gerne in eurer Nähe. Spät im Herbst sind wir dankbar für einen schönen kuschligen Laubhaufen in einer geschützten Ecke des Gartens. Sehr dankbar und sehr freudig.

In großer Verbundenheit, der Igel.

Ich bin die **Maus**, klein, aber fein und zart. Fragt die Katz.

Zart im Sein auch. Wir sind in der Gruppenseele und stellen uns zur Verfügung als Nahrung für viele Wesen. Aber natürlich in erster Linie genießen wir das Leben. Und auch wir sterben gerne von alters wegen. Wenn das auch ganz anders aussieht als bei euch Menschen. Keine langen Prozesse und schlussendlich ziehen wir es doch vor, zwischen den Zähnen einer Katze oder eines Fuchses einen schnellen Tod zu finden. Sofort können wir unseren Seelenanteil wieder in ein neues Körperchen fließen lassen und so geht das reihum. Dazwischen wird genossen. Da gibt es gerade in der Nähe des Menschen wunderbare Nahrung, die wir lieben. Körner und vieles, vieles mehr. Und spielen, und rennen und Kinder auf die Welt bringen und ein großartiges Familiensystem aufbauen. Das ist unser Wunsch und ist unsere Liebe. Die Maus wird wohl nicht verschwinden aus eurem Leben. Dazu sind wir viel zu flink, bauen uns schnell wieder auf. Wir gehören ins Gefüge und sind froh drum.

Und was würde wohl die Katze sagen, wenn es uns nicht mehr gäbe?

In Verbundenheit, die Maus.

Ende gibt es keines, es geht immer weiter!

Meine Katze Sima spricht zu mir:
> Sonne Mond und Sterne
> weisen uns unseren Weg.
> Sonne Mond und Sterne
> weiter geht's.

Sima ist glücklich! Das heißt, auch ich bin glücklich!
Sima spricht:
Ein Gradmesser bin ich sozusagen. Ein Spiegel, auch möglich, so zu sagen. Unsere Energien sind so ineinander verwoben, dass unsere Gefühle sich aufeinander abstimmen.

Einfach ist es vielleicht schwieriger, wenn der Verstand sich ständig einmischt und negative Schlüsse zieht, aus Situationen, die noch gar nicht bestimmt sind. Da sind wir Tiere frei davon. Wir versuchen und suchen ständig die bestmögliche Art, uns wohlzufühlen.

Wenn nötig, wechseln wir den Platz und setzen uns woanders hin. Oder wir schauen einfach in die Richtung, wo es schön ist. Und natürlich interessant muss es alleweil sein.

Liebe kommt immer an bei uns Tieren. Klar, lieben wir auch Essen, gutes Essen. Aber noch wichtiger ist es, wie es überreicht wird. Mit welchen Gefühlen. Welche Gefühle kommen uns da entgegen. Gute, schöne Gefühle nähren, machen uns schön, reich, satt auf allen Ebenen.

Sima ist stolz …

Sima sagt zu mir: Sima-Liebe ist Eigenliebe.

Was uns direkt bekanntlich ja so schwerfällt, diese Eigenliebe.

Einfach ist es, sein Kind zu lieben, einfach ist es, seine Katze zu lieben. Machen wir es also. Und es fließt ebenso zu uns.

Sima ist sehr zufrieden:

Wir Katzen wollen immer glücklich sein. Wir lieben das Zarte, Feine, die Stille. Die Stille, da gibt es so enorm viel zu entdecken. Versuch, du Mensch, diese Fülle auch zu finden, die wird dich nähren auf allen Ebenen. Es ist jetzt die Zeit des Schuldenerlasses, alle Menschen können jetzt die Freiheit erlangen. Und das beginnt ganz drinnen. Im Körper sozusagen. Denk an etwas, das in dir ein Missbehagen erweckt, jetzt denk dich in deinen Körper hinein. Findest du eine Resonanz von diesem Missbehagen? Sicher findest du das. Jetzt sieh diese Region in deinem Körper, dieses missliche Gefühl in die Seide des Regenbogens gehüllt. Tu das immer wieder. Wie lange, muss ich dir nicht sagen, denn eines Tages wirst du es vergessen haben. Es hat sich aufgelöst. Wieder, ein riesiges Stück Wohlbehagen ist mehr da. Somit auch im Außen, in deinem Leben hat oder wird sich etwas verbessern. Gratuliere!

Sima ist konzentriert …

Ich, Sima, spreche zu dir: Weißt du, Mensch, wenn du dich ganz schlecht fühlst. Oft hervorgerufen aus mangelnder Selbstliebe, was dir vielleicht oder wahrscheinlich nicht bewusst ist. So geh hin und streichle dein Tier. Wird dir vielleicht im Moment nicht einfachfallen, weil du dich ja gar nicht wohlfühlst und gar nicht in der Stimmung bist, zu geben.

Tu es trotzdem und tu es immer wieder, Heilung wird stattfinden in dir drin. Das versichere ich dir. Alte Wunden werden vielleicht einen Moment lang aktiviert, aber nur so können sie Heilung finden. Das heißt, jedes Mal tut es weh, und das bei jeder Aktivierung weniger. Immer weniger, bis es verschwunden ist. Und schon wieder – ein großes Stück Wohlbehagen mehr.

In sich gehen und in sich ruhen bedeutet nicht Introvertiertheit. Im Gegenteil, es bedeutet, sein eigener Meister zu sein, und es ermöglicht dir, Mensch, im Außen etwas zu verändern. Agierst du nur im Außen, betrittst du die sogenannten Mühlräder. Alles bleibt gleicht, die Wege sind ausgetreten, machen müde und ausgelaugt, dein Inneres wie auch deinen Körper, deine jetzige wirkliche Behausung.

Versuch es, oder besser gesagt, tue es einfach, geh in dein Inneres. Schau, wie es da aussieht, und räum auf!

Je mehr du da arbeitest, fühlst, mitfühlst mit dir selber, Achtung hast vor dir selber, stehst zu dir selber, umso mehr beginnt sich auch das Außen zu verändern. Kann sein, zuerst in ein beängstigendes Chaos, das muss nicht sein, ist aber oft so. Denk an den berühmten Teich, der aufgewühlt wird. Nur so kann gefunden werden. Das Glück, das Gold, dein eigener goldener Weg, der dir alles bringt, was du dir wünschst. Der Wunsch allerdings, der muss aus dem Innersten kommen. Identisch sein mit deinem tiefsten Selbst. Heißt, die Wunscherfüllung, das Geschenk muss zu dir passen. Also finde zuallererst heraus, was das ist, was du dir so sehr wünschst.

Du kannst wirklich dein eigener Meister oder deine eigene Meisterin werden, wenn du aus deinem Innersten heraus agierst. Wenn du mit deinem Innersten im Frieden bist. Sagen wir, in Einheit bist. Du hast einen Plan mitgenommen auf deine Erdenreise und der muss erfüllt sein. Ist auch schon, wenn du geboren wirst. Muss aber sozusagen auch genau angeschaut werden. Jedes einzelne Thema muss im Gefühl verarbeitet werden. Vieles von dem kann im Inneren verarbeitet werden und verzichtet daher darauf, sich im Außen zu manifestieren. Allerdings ist ja das Leben auch sehr viel interessanter, wenn im Außen etwas geschieht. Wenn es sich bewegt. Du willst ja nicht die ganze Zeit an einer Stelle sitzen und Innenschau halten. Also ab in die Gefühle und das Leben erleben. Immer mit dem Ziel der großen Wunscherfüllung im Fokus.

Sima liebt die Aufmerksamkeit …

Sima meint:

Es ist einfach, seine eigene Meisterin oder sein eigener Meister zu werden. Es braucht nur die Liebe zu sich selber, das Mitgefühl für sich selber. Für das innere Kind – so wird es auch oft beschrieben. Dort ist, wie schon gesagt, der Ursprung für ein schönes und fulminantes Leben. Ein Leben, das einem selber gefällt. Ein Leben, wo man sich drin wohlfühlt. Und es gibt kein höheres Ziel, als ein Wohlgefühl in sich selber zu verspüren. Da gibst du mir recht oder? Es ist nicht wichtig oder sogar sehr kontraproduktiv, ein Leben führen zu wollen, das jemandem anders oder sogar nur der Gesellschaft gefällt. Das kann nie gut gehen. Das passt so gut wie nie zum eigenen innersten Wohlfühlen, welches das höchste Gut und das Recht eines jeden einzelnen Menschen und Tieres hier auf Erden ist.

Noch sind wir nicht ganz so weit. Aber die Zeit ist nahe. Das wird dann sein, das Paradies auf Erden, das schon so lange prophezeit ist und nun eben zu unserem allerhöchsten Glück genau vor unserer Nase steht.

Sima ist verträumt …

Sima sagt:

Natürlich ist es nicht das Einfachste der Welt, sich selber zu sein. Viel einfacher ist es, sich treiben zu lassen und sich von Gesellschaft und Nachbarschaft diktieren zu lassen. – Was sagen oder denken wohl die anderen, wenn ich das oder das mache, respektive nicht mache? Das beeinflusst, sich davon zu befreien, ist gar nicht einfach. Aber versuch es, versuch es immer wieder. Punkt eins ist, finde wirklich heraus, was du dir wünschst. Wie willst du sein? Wie willst du dich fühlen? Welche Personen unterstützen dich in diesem Gefühl? Wo harmonisiert es am schönsten, am angenehmsten? Suche immer weiter. Lass dich von keinen Ängsten beeinflussen. Schau sie dir an, die Ängste, und mach sie klein, indem du dir vorstellst, sie seien nicht größer als Zwerge, dann schick sie weg. Immer wieder und schau in die Richtung, wo es schön ist, wo es angenehm ist. Du bist in Sicherheit. Weil du immer genau da bist, wo du sein sollst, deine Seele schützt dich und geleitet dich. Frage immer nach deiner Seele, suche immer deine Seele. Sie ist in dir drin zu finden und sie ist auf immer und ewig dein Leitstern. Niemals lässt sie dich im Stich.

Natürlicherweise bedarf das Geschehen in deinem Inneren deiner vollen Aufmerksamkeit, nur so kannst du es in eine konstruktive Richtung weisen. Zur Heilung und zum Wohlbefinden. Ein großer Feind dieser schönen Arbeit ist der Verstand, der verbindet mit allen negativen – sogenannt negativen Emotionen – eine schlechte Erfahrung. Versuche also, den Verstand immer wieder außer Acht zu lassen, und denke mehr über dein Herz, über die Liebe. Wieder die Selbstliebe, die jedes einzelne unangenehme Gefühl in dir drin heilen kann. Natürlich bedarf es der Geduld, wieder der Geduld mit dir selber.

Vielleicht denkst du plötzlich, so, jetzt fühle ich mich super heute, jetzt hab ich es geschafft! Am nächsten Morgen erwachst du wieder mit vermeintlich demselben unangenehmen Gefühl. Mach weiter, das ist die Spirale, eines schönen Tages ist wirklich alles gut!

Halt inne und hör in dein Inneres, hör nach außen, hör die Vögel, die Menschen, schau nach, was möchte deine Katze von dir oder dein Hund oder natürlich, was möchten die Kinder. Beobachte dabei immer deine Gefühle, die laufen ja ständig mit, die sind immer. Versuche, sie in eine harmonische Resonanz zu bringen, bei allem, was du tust oder denkst. Du bist das Wichtigste, du mit deinem Körper, ohne Körper bist du nicht in dieser Wirklichkeit vorhanden, können dich die anderen nicht sehen mit ihren physischen Augen oder berühren mit ihren physischen Händen. Also achte auf dich. Nur du selber kannst das in erster Linie tun. Selbstliebe zieht die Liebe von anderen Wesen an. Mensch und Tier. Selbstachtung zieht Achtung und Respekt von anderen an. Selbstbewunderung macht schön. Bewunderung von anderen macht ebenfalls schön. Und schütze dich gut, halte dich, wann immer möglich, da auf, wo du dich wohlfühlst. Das ist nicht immer möglich, aber je mehr du darauf achtest, umso mehr Möglichkeiten findest du.

Sima liebt die Natur …

Sima sagt:

Es spielt keine Rolle, wo du anfängst, ob innen oder außen. Fang einfach an, dir bewusst zu werden über deine

Gefühle. Du hast immer und jederzeit Gefühle und setzt die unbewusst mit Dingen, Wesen, Handlungen und Umständen in Bezug. Werde dir dieser Tatsache bewusst und beobachte dich selber. Was macht dich wütend? Ich sage, Wut war schon vorher da, vielleicht tief vergraben, und etwas oder jemand im Außen aktiviert sie vielleicht. Und schon „springt" sie los, die Wut. Manifestiert sich im Außen. Und bleibt womöglich da stehen oder haften. Du, erinnere dich, sie war schon vorher da, mitgebracht sogar in diese Inkarnation, mit dem Ziel, sie hier aufzulösen. Wut kannst du gut verarbeiten, indem du ein Ventil suchst, wie zum Beispiel Sport oder auf den Boden schlagen oder stampfen, tanzen wie verrückt, schreien, oder anderes.

Such dir etwas, ansonsten richtet sich die Wut immer wieder auf jemanden oder etwas außerhalb von dir. So löst sie sich nicht oder nicht auf angenehme Weise.

Unangenehm erscheint es dir allerdings so oder so, bis sie raus ist, diese alte, überholte Wut. Und wieder, ein riesiges Stück Wohlbehagen mehr!

Jedes Wesen braucht Ausdruck. Ein Ausdruck ganz innen von der Seele her. Dabei wird noch ganz anderes, Gestautes und somit Unangenehmes weggeputzt. Die Seele will immer Ausdruck, dafür schickt sie ihre Strahlen hierher auf die Erde. Ausdrücken kann jedes Wesen sich. Wenn es selber oder die Umgebung es zulässt. Und Wege dafür sollen immer gesucht werden. Und so können sie auch immer gefunden werden. Ausdrücken kann ein Mensch sich in so vielfältiger Form, durch Tanz, Gesang, Gesumme, Schreien, Schreiben, Malen, Basteln,

Handwerkern, Gärtnern und so weiter. Das ist alles o. k., vom ganz naiven Ausdruck bis hin zur höchsten Kunst.

Sima liebt den Himmel ...

Sima sagt über sogenannt schlechte Gefühle:

Es macht keinen Sinn, nach dem Ursprung von „schlechten" Gefühlen zu suchen. Du gräbst und gräbst, aber an die Wurzel kommst du nicht heran. Du findest natürlich tausend mögliche Gründe, aber all diese tausend Möglichkeiten haben sich nur in Resonanz mit deinen unangenehmen Gefühlen gesetzt, also sie waren immer schon da. Du hast sie mitgebracht und suchst jetzt nach Lösungen. Das ist legal, aber versuch, den größten Anteil davon in dir selber zu lösen. Eben wie schon erwähnt durch Ventile, die dir ein gutes Gefühl verschaffen.

Du kannst sie natürlich auch in Auseinandersetzung und Kampf versuchen zu lösen. Das hinterlässt allerdings oftmals anstelle von Erlösung neue Wunden. Bei dir und bei anderen.

Vom Willen. Weg vom Willen hin zum Sein und zum Wunsch. Der Wille ist ein schwieriger Geselle sozusagen. Er kann zwar helfen in gewissen Situationen, kann aber auch blockieren in anderen. Der Wille ist hirngesteuert, Wunsch und Sein sind vom Herzen ausgesendet. Haben somit die viel größere Kraft, weil sie in Einheit mit dem Wunsch von unserem Seelenstrahl stehen. Also sie führen immer auf den richtigen Weg.

Wille kann auch auf den richtigen Weg führen. Oftmals aber auch in Sackgassen, wo Depression und Mutlosigkeit zur Rückkehr zwingen. Rückkehr auf den richtigen, ureigensten Weg.

Mach du dir, Mensch, keine Sorgen, Tiere sowieso nicht. Jeder Einzelne findet seinen Weg. Wie schon gehört, gibt es Umwege, aber auch Umwege sind keine Verzögerungen, da sie großes Lernpotenzial enthalten. Also schreite fröhlich voran und beobachte, wie du dich ständig hinein in ein größeres Wohlbehagen entwickelst. Überall gibt es zu lernen. Das größte Potenzial enthält das ganze einfache Sein, das in sich selber Ruhen, das Fühlen, was da drin so alles ist. Das kann in jedem Zustand geschehen. Beim Liegen, Laufen, alleine oder unter Menschen, im Tram, beim Arbeiten. Ja, auch beim Arbeiten finden sich Momente, um hinzufühlen, in dich hinein, vergiss nie, dass du selber das Zentrum deines ganzen Hierseins bist. Von dir drinnen wird all dein Hiersein gesteuert. Und du hast Hilfe, große, sehr große Hilfe von der geistigen Welt. Von deinem höheren Selbst, das dir ständig Impulse sendet, wie weiter. Von deinen Schutzengeln, von deinen geistigen Führern. Also so siehst du, dass du keine einzige Sekunde in deinem Leben alleine bist. Falls du mal das Gefühl von Einsamkeit verspürst, so schau und fühl in dich hinein, von da aus findest du all deine Helfer und Begleiter. Jederzeit an deiner Seite. Du musst keinen einzigen Schritt alleine tun.

So ist es einfach, das Leben, wenn du dir vorstellen kannst, dass du vollkommen in Sicherheit und immer auf deinem richtigen Weg bist. Das bist du nämlich! Immer bist du das. Umwege eingeschlossen. Immer wohlbehütet bist du. Deine Seele liebt und sammelt Eindrücke, Erlebnisse, Gefühle. Was du immer machen kannst, weil es so am schönsten ist, suche dauernd nach angenehmen Gefühlen. Siehst du etwas für dich Hässliches, schalt um auf etwas Schönes, verlagere deinen Fokus. Suche Menschen, die dir guttun, die dich wertschätzen und so fällt es auch dir leichter, dich selber wertzuschätzen, und das ist ja, wie schon mehrmals erwähnt, das Wichtigste.

Und sei stolz darauf, dass du hier sein darfst, inkarniert in deinen Körper in einer der interessantesten und wichtigsten Zeiten auf Erden, die es je gegeben hat.

Zum Anbeginn der Gerechtigkeit in der Welt!

Wenn du, Mensch, Schmerzen hast, versuch, dir vorzustellen, dass du heil bist. Wenn du arm bist, versuch, dir vorzustellen, du bist reich – und so weiter. Ersehne dir den Zustand, den du dir von ganzem Herzen wünschst. So funktioniert das. Wenn du etwas siehst, das dich stört, setz dich hin und stelle dir vor, wie du diese Situation für dich wünschst, und Schritt für Schritt verändert sich deine Lebenssituation genau in die Richtung, wie es dir gefällt.

Sima liebt Pausen ...

Sima spricht:

Aus der geistigen Welt wird immer wieder betont, wie wichtig es ist, auf seine Gefühle zu achten. Du, Mensch, bist oftmals verhaftet in deinem Verstand, das ist jetzt in den letzten Jahrzehnten immer so plädiert worden, dass der Verstand das höchste Gut ist des Menschen. Dass er ihm sein Leben rettet. Wie wohl? Sterben müssen alle Wesen. Und das Phänomen Sterben mit dem Verstand zu analysieren, führt höchstens in ein schwarzes Loch. Also, der Verstand ist wichtig, aber beileibe nicht wichtiger als Herz und Gefühl, da sitzt der wirkliche Leitstern ins Wohlbefinden und ins große Wissen, dass natürlich nach dem Tod gar nichts zu Ende ist. Allerhöchstens schlechte Eigenschaften bleiben zurück und verrinnen im Nichts.

Das wirkliche Sein geht weiter und weiter, es hat niemals ein Ende. Unsere Seele ist ewig, auch unser jetziges Sein bleibt ewig. Was wir erschaffen haben im Leben an geistigem Eigentum, an Wohlbefinden, an Wohlfühlen, die Liebe die wir fähig waren, ins Leben zu bringen, all das bleibt auf immer und ewig und hilft jetzt natürlich mit, eine schönere und gerechtere Welt zu erschaffen. So erschaffst du und es wird immer schöner und schöner.

Das Einzige, was du im Moment des Todes zurücklässt, ist der Körper. Der fällt zurück in Asche, in Erde. Du kannst dir wieder einen neuen erschaffen, falls du Lust hast, wiedergeboren zu werden.

Sima genießt ...

Sima sagt:

Lieber Mensch, am besten, du denkst nur Schönes! Denk an das, was dein Herz ins Jubeln bringt. Auch wenn es so weit weg zu sein scheint wie der Mond. Denk trotzdem daran. Denk und fühl und denk und fühl. Wie wäre es, wie ist es, wenn es so ist? Oder wenn es sein wird? Zieh es an. Zieh es mitten in dein Herz. Erlaube dir zu wissen, dass du das Recht hast auf das größte Glück. Auf Glücklich-Sein. Und wähle gut, was du anziehst. Wähle mit dem Herzen. Prüfe immer wieder nach, ob es sich wirklich schön und stimmig anfühlt.

Also, den Verstand, den musst du bei dieser ganzen Sache scharf im Auge behalten. Halt ihn an der kurzen Leine. Der Verstand, das ist ein Schlaumeier, er kennt alle Hintertürchen und versucht immer wieder, deinen Fokus aufs sogenannt Negative, auf alle möglichen Hindernisse – sogar, wenn es gar keine gibt – zu lenken. Lass ihm nie freie Hand. Er muss kontrolliert werden. Natürlich brauchen wir ihn, den Verstand. Er ist auch lebenswichtig. Nur ist es so, dass er sich mit allen Ängsten und allen Aber verbinden will. Und Ängste und Aber sind nun mal große Steine auf dem Weg zum eigenen Glück. Also bleib im Herzen und denk an dein persönlich Schönstes. Denk dir dein Leben als deinen persönlichen, wunderschönen und aufregenden Film. Du bist Drehbuchautor, du bist die Hauptperson deines ureigensten Filmes. Und du erreichst dein Happy End in voller Lebenskraft und du weißt, jetzt kommt: Und sie lebten glücklich und zufrieden – ohne Ende.

Du weißt ja, es geht immer weiter, nicht mal der Tod ist ein Ende – aber das haben wir ja schon öfters erwähnt.

Sima genießt, noch mehr und noch mehr ...

Sima spricht:

Dass es sehr einfach ist, aber nicht einfach scheint. Dein Leitstern soll sein die Schönheit. Und zwar die Schönheit, die dich persönlich anspricht.

Für uns Tiere sehr einfach, für dich, Mensch, manchmal sehr schwierig. Wegen der Ängste, die Ängste, die auf vergangenen Erlebnissen beruhen, die bringen dich immer wieder ab von deinem Weg Richtung Schönheit. Sie sagen: „Oh schau mal hierhin, das könnte geschehen", oder: „Schau mal dahin, das könnte auch geschehen." „Sicher wird so etwas Schreckliches geschehen!" So flüstern sie unaufhörlich in deine Ohren. Und schon bist du wieder weg von deinem Weg Richtung Schönheit und Wohlbefinden.

Da gibt es nur die eine Möglichkeit, dass du dich immer und immer wieder Richtung Schönheit und Wohlbefinden bewegst. Sprich zu deinen Ängsten: „Ja, ja, ihr hattet recht in der Vergangenheit, aber jetzt wählen wir das Angenehme. Denn jetzt ist schon die neue Zeit da und alles, wirklich alles wird gleich schöner, angenehmer, leichter." Sprich immer und immer wieder so und gerate nicht von deinem schönen, selbst erwählten Weg ab.

Der Verstand neigt dazu, Horrorgeschichten zu erfinden, und damit sich diese so richtig naturgetreu anfühlen, mischt er wirklich Erlebtes dazu, und schon bibberst du, Mensch, und fühlst dich sehr schlecht. Und da könnte wirklich das Gesetz der Anziehung in Kraft treten.

Also bedenke, was du denkst!

Aber keine Angst, immer wieder mit Konzentriertheit kommt alles gut!

Sima liebt …

Sima spricht:

Viele Menschen haben Angst und glauben doch an die neue Zeit. Versuche du, Mensch, dich an das Vertrauen in die neue Zeit zu erinnern, denn du hast eben dieses und das Wissen darum in eben genau diese deine Inkarnation mitgebracht. Also du musst dir dieses Vertrauen und dieses Wissen nicht neu erarbeiten, sondern du findest beides in Großem, Vollumfänglichem in dir drin. Nirgendwo draußen, sondern in dir drin. Fang dort an, bitte deine Engel um die Hilfe, die dir sowieso immer zuteilwird – vorausgesetzt, du erlaubst sie. Also bitte um Hilfe, Vertrauen und Wissen in dir zu finden. Und dann geh nach draußen und suche Resonanz. Diese Resonanz kannst du überall finden, aber am einfachsten in der Natur. In den Tieren, in den Pflanzen, Bäumen und im Wasser. Diese Resonanz erfährst du als angenehmes Gefühl, ein Gefühl der Sicherheit. Ein beginnendes Wissen, dass alles nach genau deinem Plan abläuft. Ein Wissen, dass du immer und zu jeder Zeit genau am richtigen Ort, mit den genau richtigen Menschen und Tieren unterwegs bist. All das ist ein Prozess und der läuft jetzt in der neuen Zeit ziemlich schnell ab. Das heißt, du kannst auch schnell deine Lebensumstände so kreieren, wie sie dir gefallen und wohltun.

Wie weit du schon glücklich sein kannst, das hängt davon ab, inwieweit du Vertrauen darin hast, dass du dieses Glück auch verdienst – wie es alle Wesen verdienen.

Für dich selber bist nur du verantwortlich, du mit Hilfe der geistigen Welt, das heißt, deine Engel, deine Geisthelfer und auch Verstorbene, die dich begleiten, weil du und sie eine enge Verbindung habt. Basierend immer auf Liebe und Zuwendung. So kannst du jederzeit nachfragen, wie es weitergehen soll, was du tun oder nicht tun sollst. Die Antwort bekommst du immer sofort und verstehen tust du sie in der Ruhe, im Gefühl. Du denkst dann vielleicht: „Ich habe das Gefühl, ich sollte das jetzt so machen." Oder du denkst: „Ich möchte jetzt mal da oder dort anrufen." Je mehr du diesen Gefühlen nachgibst, ihnen folgst, je stärker werden sie. Das ist dann die Führung, durch dein höheres Selbst, durch deine Seele, mit immens großer Hilfe durch deine geistigen Begleiter. So ist natürlich Rat von deinen eigenen geistigen Begleitern sehr viel wichtiger als das, was dir andere Menschen sagen. Es mag noch so liebevoll sein, wenn andere Menschen dich beraten, doch ist es immer „gefärbt" von ihrem eigenen Erleben. Von ihrem eigenen Sein, was nicht dein Sein ist.

Höre auf dein Inneres, lass diese Stimme zu deinem Leitstern werden.

In der Nacht, im Schlaf, bekommst du immer „Unterricht", da wird besprochen, wie weiter. Dann morgens das neue Gefühl. – Allerdings triffst du da auch zu lösende unangenehme Gefühle an. Bekommst aber immer wieder Rat. Und so bekommst du ein zu lösendes Problem nach dem anderen vor die Nase gesetzt. Durchläufst sie alle mit dem großen Ziel der absoluten Befreiung und Freiheit. Was wiederum alles im Außen genauso frei setzt. Sodass du glücklich und zufrieden leben kannst. Bei jedem unangenehmen Erleben denke daran, dass du dir vor deiner Geburt diesen Lebensplan selbst entworfen hast. Und dass das Ziel höchste Freiheit im Inneren und im Außen ist. Nur Mut, du bist nie allein!

In deinem Leben geht es hauptsächlich darum, deine von dir mitgebrachten Schatten-Themen zu durchlaufen und so dem Licht, deinem Lebenslicht, entgegenzuschreiten. Die Schatten, die musst du nicht suchen. Die tauchen auf aus den Tiefen deines Selbst, zur richtigen Zeit natürlich. Auch wenn du vielleicht denkst, jetzt habe ich überhaupt keine Zeit und Kraft für so was Unangenehmes. Dein kleines Selbst bestimmt nicht darüber. Dein höheres Selbst, deine Seele übernehmen in solchen Fällen die Führung. Es könnte ja wirklich sonst passieren, dass du dein ganzes Leben lang keine Zeit fändest, unangenehme Gefühle zu betrachten. Das wäre dann am Lebensziel vorbeigeschossen.

Schau sie dir genau an, diese Schatten, sage zu ihnen: „Oh das war's, jetzt gehe ich weiter." Immer dem Licht entgegen. Licht heißt, dahin, wo deine großen, deine größten und angenehmsten Wünsche und Ziele liegen. Immer in diese Richtung laufen.

Sima und der Stein des Weisen …

Liebe ist der Grundsatz des Lebens, da fängst du, Mensch, am besten da an, wo es am einfachsten ist. Sicher findest du ein Wesen, Mensch oder Tier, das du bedingungslos lieben kannst, so wie es ist. Ohne irgendetwas an diesem Wesen zu deinen sogenannten Gunsten ändern zu wollen. Das ist dann die vollständige Akzeptanz. So beginnt alles. So beginnt auch alles sich zu lösen in dir drin. Versteckte und verbarrikadierte alte Schmerzen und Ängste. Diffuse Sachen, die dir unangenehm erscheinen, lässt du lieber so wie sie sind? Das geht nicht! Willst du da draußen, in deinem Außen, etwas verändern, dann bleib dran in deinem Inneren. Ganz klein, ganz fein, ganz sanft, wie beschrieben. Liebe Wesen, die dir das einfach machen. Beginne so und lass deinen ganzen Fokus auf diesen Wesen ruhen. Mit deinem Herzen. So geschieht Heilung. Dieses Wesen, das du da liebst, das reagiert natürlich auf die angenehme Zuwendung. Und so entsteht ein großes Harmoniefeld, in dem du dich wunderbar geborgen und angenommen fühlst.

Sima ist …

Sima spricht:

Es ist von großem Vorteil, sage ich dir, Mensch, wenn du immer versuchst, zentriert zu bleiben. Immer in dir selbst ruhst. Und immer dir bewusst bist, dass du genau zur richtigen Zeit am richtigen Ort bist. Das dir außen Erscheinende gehört ebenso zu dir. Du teilst vielleicht in zwei oder mehr Teile: Das da ist unangenehm, das will ich nicht! Das da ist langweilig, das interessiert mich nicht! Das da ist schön, das will ich!

Versuch, alle Teile zu akzeptieren. Versuch, in dir selber immer ein gutes Gefühl zu finden. Richte deinen Fokus auf immer den schönsten Anteil von all dem, was dich umgibt. So geschieht Heilung. Und das Außen zieht nach, wird immer angenehmer und schöner.

Sima ist sich ihrer Seele bewusst …

Lieber Mensch, du bist liebenswürdig. Liebst du dich selber in allen Aspekten, liebst du auch alle Aspekte im Außen. Alle Menschen um dich herum zeigen dir etwas auf. Auch die Tiere natürlich. Immer ist das so als Lernprozess zur weiteren Entwicklung deines Selbst gedacht. Auch von dir selber als Lebensplan so entworfen vor deiner Inkarnation in dieses Leben. Es ist möglich, immer alles aufzuschieben, zu versuchen, auszuweichen. Die Sinne zu vernebeln, um nicht fühlen zu müssen. Klappt sogar einige Zeit, aber die unterdrückten Gefühle verursachen immer größere Schmerzen und es kann sogar sein, dass der Körper eingreift, um zu korrigieren. Das heißt, es besteht die Möglichkeit von körperlichen Beschwerden, sogar Krankheit. Also du hast die Wahl! Konfrontiere dich, erlebe die Erlösung in deinen Gefühlen.

Das ist nicht das Ende, ich melde mich wieder …

Bildquellennachweis:
S. 11, 13, 15, 21, 24 © Chris Katzenbach,
S. 30, 31, 35, 37, 43, 48, 50 © Jacqueline Widmer

Die Autorin

Jacqueline Widmer wurde 1959 in Gränichen im Schweizer Kanton Aargau geboren. Sie ist unter anderem Gärtnerin, Floristin, kaufmännische Angestellte, Medium für Mensch und Tier, Pflegehelferin, Märchenerzählerin, medialer Coach für Kristallkinder und ihre Bezugspersonen, Imkerin und Autorin.
Ihre Freizeit verbringt sie gerne mit Tieren, im Garten und in der Natur allgemein.

novum ▲ VERLAG FÜR NEUAUTOREN

Der Verlag

„ *Wer aufhört
besser zu werden,
hat aufgehört
gut zu sein!*

Basierend auf diesem Motto ist es dem novum Verlag ein Anliegen neue Manuskripte aufzuspüren, zu veröffentlichen und deren Autoren langfristig zu fördern. Mittlerweile gilt der 1997 gegründete und mehrfach prämierte Verlag als Spezialist für Neuautoren in Deutschland, Österreich und der Schweiz.

Für jedes neue Manuskript wird innerhalb weniger Wochen eine kostenfreie, unverbindliche Lektorats-Prüfung erstellt.

Weitere Informationen zum Verlag und
seinen Büchern finden Sie im Internet unter:

w w w . n o v u m v e r l a g . c o m

Jacqueline Widmer

Nach den Indigo – Die Kristallkinder sind da!

ISBN 978-3-99048-500-2
38 Seiten

Seit einigen Jahren inkarnieren sich neue Seelen auf dieser Erde – die Kristallkinder. Erfahren Sie, warum das geschieht, woher sie kommen und wie man mit diesen ganz besonderen Wesen umgeht. Denn sie verhalten sich oft ganz anders als andere Kinder!

Jacqueline V. Bauer

Nach den Indigo-
Die Kristallkinder
sind da!